CATÉCHISME

REPUBLICAIN,

PHILOSOPHIQUE

ET MORAL;

Par le Citoyen LACHABEAUSSIÈRE,

Ci-devant Chef d'un des Bureaux de la troisième Division du Ministère de l'Intérieur.

L'instruction est le besoin de tous.

SECONDE EDITION,

Revue et corrigée par l'Auteur.

A PARIS,

Chez DESENNE, Imprimeur-Libraire, Jardin de l'Egalité, nos. 1 et 2.

L'an II de la République française.

CATÉCHISME
RÉPUBLICAIN,
PHILOSOPHIQUE ET MORAL.

1. *QUI ES-TU?*

Homme libre et pensant, né pour haïr les Rois,
N'aimer que mes égaux, et servir ma Patrie,
Vivre de mon travail ou de mon industrie;
Abhorrer l'esclavage, et me soumettre aux lois.

2. *Qui t'a créé?*

L'Etre dont le pouvoir a tout fait, en tout lieu;
Le Ciel, les Elémens, les Animaux, les Hommes,
Les Astres, la Lumière, et le Globe où nous sommes:
J'y crois en l'admirant, et je l'appelle *Dieu*.

3. *Qu'est-ce que Dieu?*

Je ne sais ce qu'il est, mais je vois son ouvrage;
Tout, à mes yeux surpris, annonce sa grandeur:
Je me crois trop borné pour m'en faire l'image;
Il échappe à mes sens, mais il parle à mon cœur.

4. *Comment faut-il l'honorer?*

L'ordre de l'Univers atteste sa puissance;
Tout est, autour de nous, ou miracle ou bienfait:

On s'élève vers lui par la reconnoissance ;
Le Culte qu'il préfère est le bien que l'on fait.

5. Qu'est-ce que la Vie ?

Chaque pas du berceau nous conduit au cercueil ;
C'est la route prescrite, on y voit maint écueil :
L'homme qui la parcourt d'un œil sûr, d'un pas ferme,
En embellit l'espace, et n'en craint pas le terme.

6. Qu'est-ce que la Mort où le Cercueil ?

Le repos des douleurs, le seuil d'une autre vie ;
Un instant que craint seul l'homme lâche ou pervers,
Désirable s'il sauve ou l'opprobre ou les fers,
Glorieux s'il devient utile à la Patrie.

7. Qu'est-ce que l'Ame ?

Je n'en sais rien ; je sais que je sens, que je pense,
Que je veux, que j'agis, que je me ressouviens,
Qu'il est un être en moi qui hors de moi s'élance ;
Mais j'ignore ou je vais et ne sais d'où je viens.

8. L'Ame est-elle immortelle ?

Tout change sans périr : l'ame est donc immortelle ?
Elle survit au corps qui ne la retient plus.
Dieu lui donneroit-il des désirs superflus ?
Pour sitôt la détruire, eût-il tant fait pour elle ?

*9. Dieu récompense-t-il et punit-il après la
mort ?*

Des prix pour la vertu, des peines pour le crime !
C'es le frein du méchant, l'espoir du malheureux

La consolation du juste qu'on opprime.
Espérons dans le doute, et soyons vertueux.

10. *Qu'est-ce que la Vertu ?*
Remplir tous ses devoirs; craindre et fuir tous les
vices,
N'est point encore assez pour le bon citoyen;
En faisant ce qu'on doit on est homme de bien;
Mais on n'est vertueux que par des sacrifices.

11. *Quel genre de sacrifice est le plus méritoire ?*
S'il sert à la patrie, à la société;
Toute œuvre, sans ce but, est une œuvre stérile.
Pour être vertueux, servons l'humanité;
Le sacrifice est nul quand il n'est pas utile.

12. *Comment distinguer le Bien et le Mal ?*
Dieu mit, pour affermir notre inexpérience,
Près de nos sens grossiers un sens plus délicat;
Il suit nos mouvemens, les guide ou les combat;
C'est la *raison* qui parle à notre *conscience*.

13. *Qu'est-ce que la Conscience ?*

C'est cette voix secrète et cet instinct suprême,
Qui de nos passions précède et suit l'effet.
Qui l'écoute est toujours en paix avec lui-même,
Et qui veut le tromper y trouve son arrêt.

14. *Qu'est-ce que les Passions ?*

La révolte des sens, d'immodérés désirs,
Du feu céleste, en nous obscurcissant la flamme,
Détruisant, en tyrans, la liberté de l'ame,
Et menant aux regrets par l'appât des plaisirs.

A 3

15. *Comment Dieu a-t-il mis les Passions avec la Raison?*

D'un char à deux coursiers l'ame est comme le guide:
L'un est paisible et doux, l'autre vif et fougueux;
L'un attend l'éperon, l'autre appelle la bride:
L'un a besoin de l'autre, et le char de tous deux.

16. *Pourquoi Dieu nous a-t-il donné de si grands Ennemis que nos Passions?*

S'il fit mes ennemis, il les fit pour ma gloire;
Pour les vaincre il m'a mis les armes à la main;
Si je sais m'en servir, le triomphe est certain:
Le péril du combat embellit la victoire.

17. *Comment éviter les surprises de l'Ennemi?*

La raison fait toujours exacte sentinelle;
A son premier appel armons-nous aussitôt:
Signalons le tyran, frappons-le au premier mot,
Et de peur d'incendie étouffons l'étincelle.

18. *Quels sont les Attributs de l'Homme et ses différens Etats?*

Titres de *citoyen*, de *fils* d'*époux*, de *père*,
Noms sacrés que le ciel nous appelle à porter,
Vous avez des devoirs, des soins, un ministère;
C'est en les remplissant qu'il faut vous mériter.

19. *Quels sont les Devoirs généraux du Citoyen?*

A son pays il doit ses facultés entières,
Secours aux malheureux, obéissance aux lois,
A ses frères des soins, au monde ses lumières;
En trahir les devoirs, c'est en perdre les droits.

20. *Quels sont les droits de l'Homme et du Ci-*
toyen ?

De librement penser, croire, agir, s'exprimer,
De posséder les fruits que son travail lui donne,
D'être sûr dans ses biens, et sûr dans sa personne ;
Et d'opposer sa force à qui veut l'opprimer.

21. *Comment le foible résiste-t-il au plus fort ?*

L'Eternel qui nous fit d'inégale mesure,
Inégaux en talens, en force, en facultés,
Par un nouveau bienfait signala ses bontés,
Et l'ordre social corrigea la nature.

22. *Qu'est-ce que l'Ordre Social , et comment*
corrige-t-il l'inégalité ?

Un pacte, qui de nous fait une masse entière ,
Du grand nombre au petit oppose la barrière ;
Fort de l'appui de tous, le foible, par les lois,
Inégal en moyens, devient égal en droits.

23. *Qu'est-ce que la Loi ?*

La volonté de tous, la règle universelle,
L'effroi des malfaiteurs, l'appui des innocens,
Respect aux Magistrats, ses organes puissans. :
Sitôt qu'elle a parlé, courbons-nous devant elle.

24. *Quel doit être le caractère du Magistrat ?*

Des intérêts du peuple il est dépositaire,
Il doit, par ses vertus, justifier son choix ;
Pour commander l'amour et le respect des loix,
Qu'il leur ouvre en son cœur leur premier sanctuaire.

25. *Qu'est-ce que la Constitution ?*

Le garant de nos droits, de notre volonté,
De nos mœurs, nos devoirs, la règle et la mesure,
Républicains ! veillons, pour la conserver pure ;
C'est le *Palladium* de notre liberté.

26. *Qu'est-ce que la Liberté ?*

Le plus beau don du ciel, le vrai bien sur la terre.
Esclaves ! travaillez à la reconquérir ;
Malheur, haine éternelle à qui lui fait la guerre.
Vive la liberté ! qui la perd doit mourir.

27. *Quels sont les devoirs des Enfans envers leurs*
Père et Mère ?

Docilité, respect, soins et reconnoissance ;
Mes enfans, pour moi-même, en auront à leur tour.
Puis-je autrement payer que par un saint amour,
Tous les maux qu'à ma mère a coûtés ma naissance.

28. *Quels sont les devoirs réciproques des Epoux ?*

Estime mutuelle, égards et complaisance,
Communauté de soins, de travail, de plaisir,
Egalité de droits, rapports de confiance ;
C'est pour se rendre heureux qu'on a dû se choisir.

29. *Quels sont les devoirs des Père et Mère ?*

Tracer aux jeunes cœurs les routes du devoir,
Au civisme aux vertus y préparer des temples ;
Par la douce amitié tempérer le pouvoir,
Et joindre à ses leçons l'ascendant des exemples.

30. *Quels sont les Principes généraux qui cons-*
tituent les Devoirs de l'Homme envers ses
semblables ?

Ne fais point pour autrui ce que tu crains pour toi.
Sois obligeant sans faste, et probe sans rudesse ;
Engage rarement, garde toujours ta foi ;
Sers tes égaux souvent, et jamais ne les blesse.

31. *Quelles sont les qualités sociales et les oc-*
cupations qui distinguent le Républicain ?

Il est bon, juste et franc, ennemi, sans pitié,
Du vice, de l'intrigue et de la tyrannie.
Il cultive avec soin, pour embellir sa vie,
L'amour de son pays, l'étude et l'amitié.

32. *Qu'est-ce que l'Amour de son Pays ou le Pa-*
triotisme ?

Un mouvement sublime, un élan plein de flamme,
Dont le vrai citoyen sent son cœur transporté ;
Lui seul fait les héros, exalté, agrandit l'ame !
C'est l'enfant de l'honneur et de la liberté !

33. *A quoi sert l'Étude ?*

L'étude instruit l'enfance, embellit la vieillesse,
Augmente le bonheur, console la détresse ;
Et, contre l'ignorance, armant la vérité,
A la nuit de l'erreur oppose sa clarté.

34. *L'Ignorance est donc nuisible ?*

Tous les maux de la terre ont été son ouvrage ;
Elle a produit l'oubli, l'abandon de nos droits ;

Servi le fanatisme, enfanté l'esclavage;
Enfin, elle a créé les prêtres et les rois.

35. *Qu'est-ce que l'Amitié ?*

Un trésor précieux pour celui qui le trouve ;
Un sentiment fondé sur les plus doux rapports.
Flatteur pour qui l'inspire, heureux pour qui
    l'éprouve,
Et l'amitié partagée, c'est une ame en deux corps.

36. *Quels sont les Vices principaux dont il*
    faut se garder ?

La colère, l'orgueil, l'avarice et l'envie,
Tous corrompent bientôt les cœurs qu'ils ont
    surpris.
Mais, si de nos égaux nous craignons le mépris,
Gardons-nous du mensonge et de l'hypocrisie.

37. *Quels sont les caractères du Mensonge ?*

Le mensonge avilit, dégrade un caractère,
La vérité doit seule inspirer les mortels ;
Il ne faut la trahir, la masquer ni la taire ;
Les cœurs républicains sont ses premiers autels.

Qu'est-ce que l'Hypocrisie ?

De la corruption c'est le degré suprême,
Qui prend pour se cacher le dehors des vertus.
Mais, tôt ou tard, il perce et se trahit lui-même :
L'art de masquer le vice est un vice de plus.

NOTES.

1. *Qui es-tu ?* C'est sans contredit ce qu'on doit se demander d'abord Γνῶθι σεαυτόν ; connois - toi toi-même est une maxime qui fut de tout temps la base de la philosophie. J'ai cru que la réponse devoit tout de suite graver dans le cœur du républicain la haine de l'esclavage, et par conséquent des rois ; l'amour de ses égaux, la nécessité du travail et la soumission aux lois. Ainsi, dès la première question, l'enfant sait presque la constitution républicaine.

2. Il est naturel que, dès qu'on s'est dit, j'existe, on se demande comment, et tout de suite naît alors l'idée de celui qui a tout fait, puisque nous ne pouvons donner la vie à rien.

3. C'est ici qu'il falloit substituer la vérité à l'amphigouri mistique qu'on avoit donné pour réponse à cette question, et qui étoit si propre à faire des athées et des imbécilles. Que l'enfant, comme l'homme fait, sache enfin les bornes de son intelligence, et qu'elles lui servent à fixer celles de ses vœux et de son orgueil.

4. La suite naturelle de l'idée qu'un être suprême a tout fait, et que nous sommes son ouvrage, c'est de demander ce qu'il exige de nous. Mais nous n'avons pas le droit de prescrire à l'enfance le choix d'un culte religieux : néanmoins, quelque soit celui que sa raison plus éclairée lui fasse préférer un jour, il est certain que la reconnoissance et la vertu doivent en faire la base.

5. Demander ce que c'est que la vie, seroit, à proprement parler, une question inutile ; à la regarder

seulement comme le jeu physique des organes , mais il m'a paru nécessaire de la considérer , au moral , comme intervalle entre la naissance et la mort. Il me semble qu'on ne sauroit assez graver dans la mémoire de l'homme, que ce n'est qu'un voyage nécessaire dont il ignore le terme , et qu'il ne doit pas s'attacher à un bien passager qu'il ne peut conserver. La philosophie des anciens étoit admirable à cet égard ; ils avoient continuellement l'image de la mort sous les yeux, et la mêloient jusques dans leurs plaisirs ; ils poussoient même le détachement au point de faire d'un squelette l'ornement de leurs tables. C'est peut-être en excéder la mesure , mais se rendre l'idée de la mort familière , est une précaution sage pour en diminuer l'horreur et la crainte pusillanime.

6. C'est encore une application du même principe. La religion chrétienne , avec son appareil lugubre et ses précautions imbécilles, avoit gâté la mort ; il faut la voir telle qu'elle est. J'ai tâché de ne pas perdre de vue le civisme , en prêchant la philosophie ; ils se tiennent. J'avois d'abord cru inspirer l'horreur du suicide par ce quatrain :

> Un instant qu'il ne faut ni prévenir , ni craindre ,
> Le repos des douleurs , l'espoir d'un sort nouveau ,
> La guérison de l'ame et la fin d'un flambeau ,
> Que celui qui l'allume a seul le droit d'éteindre.

Mais outre que la question est trop forte pour l'enfance , il étoit difficile de répondre aux objections qu'elle auroit pu faire sur les meurtres de la guerre , sur les condamnations de la loi , etc.

7. Qu'est-ce que l'ame ? Montesquieu disoit qu'il mettroit en six pages tout ce qu'on avoit dit et même tout ce qu'on avoit oublié de dire sur cette question

métaphysique. Eh bien ! je mets encore au rabais, et je crois avoir tout dit en quatre vers. Nous ne saurons jamais rien de plus sur cette inconcevable union de l'ame et du corps ; elle n'en paroît réellement distincte que par cette tendance à s'élancer hors de nous-mêmes : ses facultés intellectuelles sont toutes, à ce que j'imagine, dans le sentiment, la pensée, la volonté, l'action et la mémoire. Epargnons de bonne heure à l'enfant des recherches inutiles sur le reste ; c'est lui rendre un grand service de l'en dégoûter ; presque tous nos métaphysiciens ont été punis de s'y être livrés par la perte de leur raison.

8. *Tout change sans périr*. Ce premier hémistiche est peut-être un peu abstrait au premier coup d'œil, quoiqu'il renferme une vérité incontestable ; c'est à l'instituteur à faire comprendre à son élève, que la matière même se décompose et ne périt pas. La conséquence qui suit ce principe est infaillible. Ainsi l'immortalité de l'ame ne souffre aucun doute : mais survit-elle entière ? L'idée d'un être simple exclut la décomposition : nous n'en avons pourtant de présomtion que dans le désir qu'elle a de survivre, et dans la probabilité que tant d'intelligence et un si grand commencement de connoissances graduelles que l'être suprême lui a données, n'est que le prélude de célles qu'il lui destine. Les matérialistes n'opposent que des probabilités ; et dans le choix, je préfère les miennes : je ne puis m'empêcher cependant de réfuter un de leurs argumens favoris. L'ame, disent-ils, est si peu distincte des organes, qu'elle croît et foiblit avec eux. Il me semble que jamais on n'a assez combattu la futilité de ce raisonnement : l'ame a reçu l'ordre de se servir de nos organes, elle s'en sert. Mais la liaison ne prouve pas l'identité ; et quant à l'affoïblissement de l'instrument qui a l'air de dénoter celui de l'agent, je réponds

que le plus habile joueur de harpe jouera faux, si la harpe n'est pas d'accord, sans qu'on ait le droit d'accuser son talent. Dès que nos organes sont usés, affoiblis ou dérangés, ils ne rendent plus ce que l'ame en exige ; mais cela ne prouve pas qu'elle vieillisse ou se détruise : encore un coup, mes probabilités sont aussi fortes que les leurs, et je me détermine pour celles qui me plaisent davantage.

9. Le dogme d'un Dieu rénumérateur et vengeur est si consolant, qu'on doit en espérer la réalité; l'opinion de la destruction totale ne sert qu'à faire des méchans sans remords, et des malheureux sans consolation. Pope a dit : *Dieu ne te fait point connoître quel sera ton bonheur futur, mais il te donne l'espérance pour être ton bonheur présent* : l'ignorance même de l'avenir est encore un bienfait.

10 et 11. Je connois des égoïstes bien froids qui se croyent vertueux, parce qu'ils remplissent leurs faciles devoirs, et donnent une petite partie de leur superflu aux pauvres : mais qui ne sent qu'à ce prix, la vertu seroit trop aisée. L'homme qui empêche, sans danger, son compagnon de se jeter dans la rivière, sera-t-il récompensé comme celui qui s'expose pour aller l'y chercher? On feroit un volume d'exemples : la maxime n'en a pas besoin.

12 et 13. Cet avertissement ou ce reproche secret de la conscience est encore pour moi une des plus grandes preuves de l'existence de l'ame : jamais, quoiqu'on fasse, on ne parvient à étouffer cette voix intérieure; c'est une sentinelle incorruptible. Il est donc peu d'actions douteuses ; cependant s'il s'en trouvoit sur lesquelles elle nous laissât de l'indécision, souvenons-nous de ce beau précepte du Sadder : *Dans le doute si une action est bonne ou mauvaise, abstiens-toi.*

14. C'est encore ici que les moralistes se font entre

eux une guerre interminable, pour savoir si les passions doivent être regardées comme un bien ou comme
un mal. Les uns veulent qu'elles soient le principe des
vertus comme des vices ; les autres, qu'on les dirige et
qu'on s'en serve ; les autres, qu'on les étouffe. Mais
il me semble que c'est une pure logomachie. Je pense
comme Ciceron, que tout ce qui est mal dans ses
progrès, est mal dans son principe. Les passions dont
nous devons nous défier, sont donc celles qui nous
portent au mal, et la raison nous en avertira. Ainsi
l'on peut dire que les passions sont nécessaires, mais
qu'il faut surveiller l'instant où elles veulent abuser de
leur pouvoir.

15. J'ai trouvé la première idée de cette comparai-
son dans un philosophe ancien dont le nom m'est
échappé ; sa justesse m'a frappé dans ma jeu-
nesse, et je me la suis toujours rappelée : j'ignore si
elle est très-connue.

16 et 17. Peut-être ces développemens sont-ils un
peu forts pour l'âge auquel je destinois ce catéchisme ;
aussi voit-on que le style s'élève à raison du sujet, et
que les images semblent s'adresser à une conception
plus énergique : mais on pourra toujours les employer
ou les supprimer à son choix.

18. Ce quatrain renferme exactement tous les états
par lesquels l'homme doit et peut passer. Il naît toujours *fils et citoyen*, mais il ne devient qu'accidentel-
lement *époux et père*. J'ai sur ces noms sacrés une idée
assez bizarre, mais qui pourroit trouver des partisans.
Je voudrois qu'on cessât de les porter aussitôt qu'on
en viole les devoirs : dire qu'un homme est mauvais
mari, mauvais père, mauvais fils, mauvais citoyen,
c'est allier des mots que je voudrois qui fussent inal-
liables. Déjà le divorce remplit une partie de mon

(16)

vœu ; la dégradation civique, une autre : pourquoi la
loi ne dissoudroit-elle pas aussi les liens de la pater-
nité, quand le fils ou le père trahissent leur vocation
et leurs devoirs ? Je laisse à nos législateurs philo-
sophes à donner à cette idée les développemens dont
elle est susceptible.

19 et 20. Ici commencent les questions politiques : la
matière étant plus abstraite, l'expression devient plus
sèche. J'ai tâché de suppléer au coloris par du mouvement dans tout ce qui tient au patriotisme. J'ai rétabli
l'ordre que je crois indispensable dans la connoissance
des devoirs et des droits du citoyen ; c'est-à-dire, que
je place les devoirs les premiers : c'est qu'il me semble
que l'homme qui naît dans une société faite, ne doit
regarder l'exercice de ses droits que comme la récom-
pense de l'accomplissement de ses devoirs. Je crois
avoir développé les droits d'une manière précise :
liberté de pensée, de culte, d'action, de parole,
propriété, sûreté individuelle, et résistance à l'op-
pression.

21. La difficulté pour résoudre cette question, étoit
d'être précis et clair ; il étoit sur-tout bien essentiel
de faire sentir que nous ne naissons pas égaux, comme
le répètent sans cesse ces échos irréfléchis qui se croyent
grands politiques, et qui abusent de tout. Il falloit
répéter que l'égalité de droits est un bienfait de l'ordre
social, ce qui le rend préférable à l'ordre naturel auquel on veut par fois trop nous ramener aussi. On ou-
blie que celui-ci seroit le règne de la force et de l'in-
justice, tandis que l'autre est celui de la loi.

22, 23, 24 et 25. L'instituteur qui ne donneroit
pas lui - même à son élève, en définissant la loi,
en parlant de la liberté, le degré d'enthousiasme que

comporte le sujet et l'expression que j'ai tâché d'y mettre, ne me paroîtroit pas digne de sa place.

26 et 27. Pourquoi n'avouerois-je pas que j'ai pleuré, en faisant ce quatrain ? L'enfant qui, en le récitant, embrasseroit sa mère, et qui, en pleurant, la feroit pleurer aussi, seroit-il donc si ridicule ? J'ai de la peine à le croire ; je doute même qu'une mère voulût troquer ces pleurs-là contre la philosophie de celui qui s'en moqueroit.

28. Je sais que beaucoup de législateurs ne sont pas de mon avis sur l'égalité de droits des époux, et qu'ils allèguent de très-belles raisons ; mais, à mes yeux, ils sont encore jugés dans leur propre cause. Pour finir le procès, il faudroit ouvrir la tribune aux femmes, et c'est ce qu'ils se gardent bien de faire ; c'est d'ailleurs à l'instituteur qui ne seroit pas de mon avis à interpréter l'hémistiche.

29. On m'a demandé pourquoi, dans un catéchisme, je mettois des leçons pour les père et mère, comme si les enfans ne devoient pas savoir de bonne heure ce qu'ils auront à faire, quand ils le deviendront ? L'instituteur ou institutrice qui trouvera un motif d'orgueil, en faisant réciter son éloge par son élève, ne sera pas fâché que le quatrain y soit : ceux qui n'y trouveront pas leur compte, ne feront pas mal de l'apprendre et d'en profiter ; d'où je conclus qu'il doit rester.

30. Après avoir appris à l'enfance ses devoirs particuliers de citoyen, il faut commencer à le montrer sur la scène, comme il est fait pour y paroître, c'est-à-dire, en homme : mais le vaste tableau de ses obligations tenant à des développemens trop étendus, je me suis appliqué à réduire mon travail aux principes et aux définitions les plus utiles. On ne peut pas tout mettre en qua-

trains, sans courir le risque de rappeler celui qui vou-
loit y mettre toute l'histoire romaine. J'ai donc tâché
d'exprimer d'abord cette base, devenue triviale par
son grand usage, mais sublime : *Ne fais pas à autrui ce
que tu ne veux pas qu'on te fasse à toi-même.*

31. Je crois qu'en donnant à l'enfance l'amour de
la patrie, le goût de l'étude et le désir d'inspirer l'amitié, en les mettant en opposition avec la haine de la
tyrannie, de l'intrigue et de l'égoïsme, on lui a donné
toutes les bases d'une excellente éducation morale: tous
les vices dérivent à-peu-près des derniers sentimens,
toutes les vertus des premiers.

32. C'est encore un quatrain d'enthousiasme ; je ne
définis point, je sens.

33. Adolescentiam alunt, senectutem oblectant, se-
cundas res ornant, etc. *Cic. pro archia poeta.*

34. Pour donner le goût de l'étude et inspirer la
haine de l'ignorance, je n'ai rien trouvé de plus à pro-
pos, que d'en retracer les dangers, dans les maux
qu'elle a produits ; ne pouvant les peindre tous, j'ai
choisi les plus haïssables pour une ame républicaine.

35. La pensée primitive que j'ai traduite, est de
Socrate, et depuis, répétée, comme elle mérite de
l'être, par Ciceron, Plutarque et Montagne ; j'avois
heureusement quelques droits de parler de ce sentiment et de le peindre.

36. Plus la carrière s'agrandit en morale, plus je
suis forcé de me resserrer. J'ai rassemblé les quatre dé-
fauts qui inspirent le plus de haine, parce qu'ils
rompent toute relation de l'homme qui s'y livre avec
ses semblables. Néanmoins la colère, l'avarice, l'envie
et l'orgueil, sont des vices qui ne sont quelquefois

que des routes déviées. Ces passions ont encore un principe qu'on pourroit diriger vers le bien : la colère tient à l'énergie, l'avarice à l'économie, l'envie à l'émulation, et l'orgueil à presque toutes les vertus ; mais le mensonge et l'hypocrisie sont absolument impurs dès leur origine, odieux dans leurs progrès, et dégradent totalement la nature humaine. Or, le républicain qui doit aspirer le plus à la perfection, doit aussi témoigner pour les deux vices les plus bas une aversion plus forte.

37. Les différens degrés du mensonge exigeroient un traité complet. Trahir la vérité, c'est dire ce qui n'est pas ; c'est le mensonge, proprement dit ; c'est le vice dans toute sa laideur. L'homme assez pervers pour le pousser jusqu'à la calomnie, est même un assassin moral dont la société doit faire justice. Masquer la vérité, c'est ne pas dire ce qui est exactement ; c'est un subterfuge, c'est un demi-mensonge : la taire, c'est ne pas dire ce qui est, parce qu'on ne s'y croit pas forcé, et quelques moralistes ont prétendu que ce n'étoit pas mentir. Je les trouve accommodans. Antipater, et Cicéron après lui, proposent cette question : Un homme a acheté une maison ; il a été trompé sur le prix ; il en découvre de grands inconvéniens qui ne s'aperçoivent que par l'habitation prolongée : il veut la revendre, on lui en offre le prix qu'il l'a achetée ; il ne dit rien et consomme le marché. Diogène trouve qu'il n'est pas répréhensible, et qu'il n'est pas obligé d'avertir l'acquéreur, attendu qu'il ne le force pas d'acheter : Cicéron penche pour le condamner. Qui ne voit qu'ici l'on élude la question ? Certainement l'acquéreur est un sot ou un étourdi de ne pas s'informer de la qualité de son acquisition, et de ne pas questionner le vendeur sur le motif qui le porte à se défaire de cette maison ; mais

le vendeur est-il bien pur? n'a-t-il pas, en s'apercevant des inconvéniens, maudit et peut-être accusé de friponnerie son premier contractant? De quel droit fait-il ce qu'il doit avoir blâmé dans un autre? Qu'il soit de bonne foi; n'a-t-il pas la crainte intérieure que le nouvel acquéreur ne le questionne sur ce qu'il a intérêt de cacher? cette crainte seule n'est-elle pas l'avertissement de sa conscience? La loi, certes, ne le punira pas, mais son ame le punit par un reproche secret. Enfin, pour décider la question en morale, *ne fait-il pas à autrui ce qu'il est fâché qu'on lui ait fait.* Qu'on examine attentivement toutes les questions de ce genre, d'après ce principe, et l'on verra que l'on n'échappe à leur solution, que par des subtilités, et les passions seroient bientôt à leur aise avec des subterfuges.

De l'Imprimerie de DESENNE, rue des Moulins, près la rue neuve des Petits-Champs, n°. 546.

www.ingramcontent.com/pod-product-compliance
Lightning Source LLC
Chambersburg PA
CBHW061834060726
47597CB00008B/3500